AMOUR, POÉSIE
SAGESSE

Edgar Morin

AMOUR, POÉSIE
SAGESSE

Éditions du Seuil

TEXTE INTÉGRAL

ISBN 978-2-02-036195-8

(ISBN 2-02-032292-7, 1re publication)

© Éditions du Seuil, juin 1997

Avant-propos

L'idée qu'on puisse définir *homo* en lui donnant la qualité de *sapiens*, c'est-à-dire d'un être raisonnable et sage, est une idée peu raisonnable et peu sage. *Homo* est aussi *demens* : il manifeste une affectivité extrême, convulsive, avec passions, colères, cris, changements brutaux d'humeur ; il porte en lui une source permanente de délire ; il croit en la vertu de sacrifices sanglants ; il donne corps, existence, pouvoir à des mythes et des dieux de son imagination. Il y a en l'être humain un foyer permanent d'*Ubris*, la démesure des Grecs.

La folie humaine est source de haine, cruauté, barbarie, aveuglement. Mais sans les désordres de l'affectivité et les débordements de l'imaginaire, sans la folie de l'impossible, il n'y aurait pas d'élan, de création, d'invention, d'amour, de poésie.

Aussi l'être humain est-il un animal non seulement insuffisant en raison mais aussi doué de déraison.

Toutefois nous avons besoin de contrôler *homo demens* pour exercer une pensée rationnelle, argumentée, critique, complexe. Nous avons besoin d'inhiber en nous ce que *demens* a de meurtrier, de méchant, d'imbécile. Nous avons besoin de sagesse, qui nous demande prudence, tempérance, mesure, détachement.

Prudence, oui, mais n'est-ce pas stériliser nos vies que d'éviter le risque à tout prix ? Tempérance, oui, mais faut-il éviter l'expérience de la « consumation » et de l'extase ? Détachement, oui, mais faut-il renoncer aux liens de l'amitié et de l'amour ?

Le monde où nous vivons est peut-être un monde d'apparences, l'écume d'une réalité plus profonde qui échappe au temps, à l'espace, à nos sens et à notre entendement. Mais notre monde de la séparation, de la dispersion, de la finitude, est aussi celui de l'attraction, de la rencontre, de l'exaltation. Nous sommes pleinement immergés dans ce monde qui est celui de nos souffrances, de nos bonheurs et de nos amours. Ne pas ressentir est éviter la souffrance mais aussi la jouissance. Plus nous sommes aptes au bonheur, plus nous sommes aptes au malheur. Le *Tao-töking* dit justement : « Le malheur marche au bras du bonheur, le bonheur couche au pied du malheur. »

Nous sommes condamnés au paradoxe d'entretenir simultanément en nous la conscience de la vacuité de notre monde et celle de la plénitude que peut nous apporter, quand elle le veut ou le peut, la vie. Si la sagesse nous demande de nous détacher du monde de la vie, est-elle vraiment sage ? Si nous aspirons à la plénitude de l'amour, sommes-nous vraiment fous ?

Dans les textes qui suivent, nous reconnaissons l'amour comme le comble de l'union de la folie et de la sagesse, c'est-à-dire qu'en l'amour sagesse et folie non seulement sont inséparables mais s'entre-génèrent l'une l'autre. Nous reconnaissons la poésie non seulement comme mode d'expression littéraire, mais comme l'état dit second qui nous vient de la participation, de la ferveur, de l'émerveillement, de la communion, de l'ivresse, de l'exaltation, et bien sûr de l'amour qui contient en lui toutes les expressions de l'état second. La poésie est libérée du mythe et de la raison tout en portant en elle leur union. L'état poétique nous transporte à travers folie et sagesse au-delà de la folie et de la sagesse.

L'amour fait partie de la poésie de la vie. La poésie fait partie de l'amour de la vie. Amour et poésie s'engendrent l'un l'autre et peuvent s'identifier l'un à l'autre.

Si l'amour est l'union suprême de la sagesse et de la folie, il nous faut assumer l'amour.

Si la poésie transcende sagesse et folie, il nous faut aspirer à vivre l'état poétique, et éviter que la prose n'engloutisse nos vies, qui sont nécessairement tissées de prose et de poésie.

La sagesse peut problématiser l'amour et la poésie, mais l'amour et la poésie peuvent réciproquement problématiser la sagesse. La voie ici envisagée, qui contiendrait en elle amour, poésie, sagesse, comporterait en elle-même cette mutuelle problématisation.

Nous devons tout faire pour développer notre rationalité, mais c'est dans son développement même que la rationalité reconnaît les limites de la raison, et effectue le dialogue avec l'irrationalisable.

L'excès de sagesse devient fou, la sagesse n'évite la folie qu'en se mêlant à la folie de la poésie et de l'amour.

Notre aujourd'hui est en quête de sens. Mais le sens n'est pas originaire, il ne vient pas de l'extérieur de nos êtres. Il émerge de la participation, de la fraternisation, de l'amour. Le sens de l'amour et le sens de la poésie, c'est le sens de la qualité suprême de la vie. Amour et poésie, quand ils sont conçus comme fins et moyens du vivre, donnent plénitude de sens au « vivre pour vivre ».

Dès lors, nous pouvons assumer, mais avec pleine conscience, le destin anthropologique d'*homo sapiens-demens*, c'est-à-dire ne jamais cesser de faire dialoguer en nous sagesse et folie, hardiesse et prudence, économie et dépense, tempérance et « consumation », détachement et attachement.

C'est endosser la tension dialogique, qui maintient en permanence la complémentarité et l'antagonisme entre amour-poésie et sagesse-rationalité.

E. M.

LE COMPLEXE
D'AMOUR

Je souhaite exposer cette difficulté, si fréquente dans les sciences humaines, où l'on parle d'un objet comme s'il existait en dehors de nous autres, sujets.

Et c'est évidemment tout à fait flagrant pour l'amour, puisque la plupart d'entre nous ont été, sont, seront sujets de l'amour. (Ce mot de sujet hésite ici entre deux sens qui le polarisent : d'une part, l'amour est quelque chose que l'on vit subjectivement, et d'autre part, c'est quelque chose à quoi l'on est assujetti.) D'où la différence, voire l'opposition entre les paroles sur l'amour qui se veulent objectives et les paroles d'amour qui sont subjectives.

Ceci devient grotesque lorsque les paroles sur l'amour sont exactement le contraire des paroles d'amour. Elles se constituent en un discours froid, technique, objectif, qui dégrade et dissout de lui-même son objet. Je n'étudierai pas l'amour chez les cadres supérieurs ou les employés de la SNCF, je ne ferai pas de commentaire sur le sondage « L'amour et les Français ». J'essaierai au contraire de contourner ces choses qui ont quelque chose de répugnant, non pas en soi, mais au regard de notre propos.

Nous avons donc un premier problème : que la tentative d'élucidation ne soit pas trahison, voire occultation. Du reste, le mot élucider devient dangereux si l'on croit que l'on peut faire en toutes choses toute la lumière. Je crois que l'élucidation éclaire, mais en même temps révèle ce qui résiste à la lumière, détecte un fond obscur.

Ce texte s'intitule : « Le complexe d'amour ». Le mot complexe doit être pris dans son sens littéral : *complexus*, ce qui est tissé ensemble. L'amour est quelque chose de « un », comme une tapisserie qui est tissée de fils extrêmement divers, et d'origines différentes. Derrière l'unité évidente d'un « je t'aime », il y a une multiplicité de composants, et c'est justement l'association de ces composants tout à fait divers qui fait la cohérence du « je t'aime ».

A un extrême, vous avez une composante physique, et dans le mot « physique » s'entend la composante « biologique », qui n'est pas seulement la composante sexuelle, mais aussi l'engagement de l'être corporel.

A l'autre extrême, il y a la composante mythologique, la composante imaginaire ; et je suis de ceux pour qui le mythe, l'imaginaire, n'est pas une simple superstructure, encore moins une illusion, mais une réalité humaine, profonde.

Ces deux composantes sont modulées par les cultures, par les sociétés, mais ce n'est pas de cette modulation culturelle dont je vous parlerai : j'essaierai plutôt d'indiquer ces composantes.

Nous rencontrons un nouveau paradoxe. L'amour est enraciné dans notre être corporel et, dans ce sens, on peut dire que l'amour précède la parole. Mais l'amour est en même temps enraciné dans notre être mental, dans notre mythe, lequel suppose évidemment le langage, et on peut dire que l'amour procède de la parole. L'amour à la fois procède de la parole et précède la parole. Et c'est du reste un problème assez intéressant, puisqu'il y a des cultures où l'on ne parle pas d'amour. Est-ce que vraiment, dans ces cultures où l'on ne parle pas d'amour, où l'amour en tant que notion n'a pas émergé, l'amour n'existe pas ? Ou bien est-ce que son existence relève du non-dit ?

La Rochefoucauld disait que, s'il n'y avait pas eu les romans d'amour, l'amour serait inconnu. Alors, est-ce que la littérature est constitutive de l'amour, ou bien est-ce que simplement elle le catalyse et le rend visible, sensible et actif ? De toute façon, c'est dans la parole que s'expriment à la fois la vérité, l'illusion, le mensonge qui peuvent entourer ou constituer l'amour.

Le fait de dire que l'amour est un complexe nécessite un regard polyoculaire. Les constituants de l'amour précèdent sa constitution même. Ainsi on peut voir l'origine de l'amour dans la vie animale. Nous pouvons, bien que nous nous en méfiions, faire des projections anthropomorphes sur les sentiments animaux ; encore faut-il se méfier de cette méfiance même. Devant l'affection d'un chien, nous disons : « Ah, comme il est gentil, comme il est affectueux ! » Cette projection anthropomorphe qu'on a pour le « chien-chien » est plus vraie qu'un autre type de projection qui serait mécanique, du type de l'animal-machine de Descartes, qui ferait dire : « Voici une machine qui réagit à des stimuli. » Et pourquoi est-ce justifié ? Parce que nous-mêmes, nous sommes des mammifères évolués et nous savons que l'affectivité s'est développée chez les mammifères, dont le chien.

Il y a donc une source animale incontestable dans l'amour. Pensons à ces couples d'oiseaux qu'on appelle « inséparables », qui passent leur temps à se bécoter, d'une façon quasi obsessionnelle. Comment ne pas voir là l'accomplissement d'une des potentialités de cette relation si intense, si symbiotique entre deux êtres d'un sexe différent qui ne peuvent s'empêcher de se donner sans cesse de charmants petits bécots ?

Mais, chez les mammifères, il y a quelque chose de plus : la chaleur. Ce sont des animaux dits « à sang chaud ». Il y a quelque chose de thermique dans les poils, et surtout dans cette relation fondamentale : l'enfant, le nouveau-né mammifère sort prématurément dans un monde froid.

Il naît dans la séparation mais, dans les premiers temps, il vit dans l'union chaude avec la mère. L'union dans la séparation, la séparation dans l'union, c'est cela qui, non plus entre mère et progéniture, mais entre homme et femme, va caractériser l'amour. Et la relation affective, intense, infantile à la mère va se métamorphoser, se prolonger, s'étendre chez les primates et les humains.

L'hominisation a conservé et développé chez l'adulte humain l'intensité de l'affectivité infantile et juvénile. Les mammifères peuvent exprimer cette affectivité dans le regard, la bouche, la langue, le son. Tout ce qui vient de la bouche est déjà quelque chose qui parle d'amour avant tout langage : la mère qui lèche son enfant, le chien qui lèche la main ; ceci exprime déjà ce qui va apparaître et s'épanouir dans le monde humain : le baiser.

Voilà l'enracinement animal, mammifère de l'amour.

Que nous a apporté l'hominisation, et qui marque biologiquement l'*homo sapiens* ?

Tout d'abord, c'est la permanence de l'attraction

sexuelle chez la femme et chez l'homme. Alors qu'existent encore chez les primates des périodes non sexuées séparées par la période de l'œstrus, ce moment où la femelle devient attirante, l'humanité est dans la permanence de l'attraction sexuelle. De plus, l'humanité accomplit le face-à-face amoureux alors que, chez les autres primates, l'accouplement se fait par-derrière. Le film *La Guerre du feu* a exprimé avec grâce l'apparition de l'amour face à face. Dès lors, le visage va jouer un rôle extraordinaire.

Le dernier élément qu'apporte l'hominisation est l'intensité du coït, et pas seulement chez l'homme mais aussi chez la femme.

Enfin, chez *homo sapiens*, dès les sociétés archaïques, vont advenir les ultimes et décisifs ingrédients nécessaires à l'amour entre deux êtres : ce sont les états seconds d'exaltation, fascination, possession, extase, que suscitent l'absorption de drogues ou boissons fermentées, la participation à des fêtes, cérémonies, rites sacrés. Ce sont en même temps les vénérations et adorations de personnages mythologiques divinisés.

Nous avons ainsi les ingrédients physiques, biologiques, anthropologiques, mythologiques qui vont se rassembler et se cristalliser en amour.

Quand donc ? Une hypothèse séduisante peut être tirée du propos de Jaynes, auteur du livre *L'Origine de la conscience et la Rupture de l'esprit bicaméral.* Sa thèse est la suivante : dans les empires de l'Antiquité, l'esprit humain est bicaméral. Ce n'est pas seulement qu'il y a deux hémisphères dans le cerveau, il y a deux chambres. La première est occupée par les dieux, le roi-dieu, les prêtres, l'empire, les ordres qui viennent d'en haut. La personne obéit comme un zombie à tout ce qui est décrété, parce que tout ce qui vient du sommet de la société est de nature divine et sacrée. La seconde chambre est occupée par la vie privée : on vaque à ses affaires, on essaie de survivre, on a des rapports affectueux avec ses enfants, et des rapports affectifs, sexuels avec sa femme. Mais les deux choses sont séparées, et le sacré, le religieux sont concentrés dans une seule chambre.

L'irruption de la conscience apparaît dans l'Athènes du Ve siècle, où la communication s'ouvre entre les deux chambres : l'hypersacralité de la première chambre cesse, ainsi que la trivialité de l'autre. Alors, la sacralité va pouvoir se précipiter et se fixer sur un être individuel : l'être aimé.

L'amour va apparaître et être traité comme tel, dans une civilisation où l'individu s'autonomise et s'épanouit. Tout ce qui vient du sacré, du culte, de l'adoration peut alors se projeter sur un individu de chair qui va faire l'objet de la fixation amoureuse. L'amour prend figure dans la rencontre du sacré et du profane, du mythologique et du sexuel. Il sera de plus en plus possible d'avoir l'expérience mystique, extatique, l'expérience du culte, du divin, à travers la relation d'amour avec un autre individu.

Au moment où arrive le désir, les êtres sexués sont soumis à une double possession qui vient de beaucoup plus loin qu'eux et qui les dépasse. Le cycle de reproduction génétique, qui nous envahit par le sexe, est à la fois quelque chose qui nous possède soudain et que nous possédons : le désir. C'est la première possession.

L'autre possession est celle qui naît du sacré, du divin, du religieux. La possession physique qui vient de la vie sexuelle rencontre la possession psychique qui vient de la vie mythologique. Voilà le problème de l'amour : nous sommes doublement possédés et nous possédons ce qui nous possède, le considérant physiquement et mythiquement comme notre bien propre.

La question de la sauvagerie du désir et de la fascination de l'amour se pose par rapport à l'ordre social. Les sociétés animales n'ont pas d'institutions mais obéissent à des règles. Par exemple : les mâles dominants accaparent la plupart des femelles et les autres mâles sont exclus de la copulation. Tout cela relève de règles hiérarchiques, mais il n'y a aucune règle institutionnelle. L'humanité crée les institutions, elle institue l'exogamie, les règles de parenté, prescrit le mariage, prohibe l'adultère. Mais il est tout à fait remarquable que le désir et l'amour dépassent, transgressent normes, règles et interdits : ou bien l'amour est trop endogame, et il devient incestueux, ou bien il est trop exogame, et il devient soit adultérin soit traître au groupe, au clan, à la patrie. La sauvagerie de l'amour le porte soit à la clandestinité, soit à la transgression.

Bien que relevant d'un épanouissement culturel et social, l'amour n'obéit pas à l'ordre social : dès qu'il apparaît, il ignore ces barrières, s'y brise, ou les brise. Il est « enfant de bohème ».

De plus, ce qui est intéressant dans la civilisation occidentale, c'est la séparation, qui est parfois une disjonction, entre l'amour vécu comme mythe et l'amour vécu comme désir.

Il nous faut percevoir cette bipolarité : d'un côté, un amour spirituel exalté qui justement a peur de se dégrader dans le contact charnel et, de l'autre, une « bestialité » qui pourra trouver sa propre sacralité dans cette part maudite assumée par la prostituée. La bipolarité de l'amour, si elle peut écarteler l'individu entre amour sublimé et désir infâme, peut se trouver aussi en dialogue, en communication : il y a des moments bienheureux où la plénitude du corps et la plénitude de l'âme se rencontrent.

Et le véritable amour se reconnaît en ce qu'il survit au coït, alors que le désir sans amour se dissout dans la fameuse tristesse postcoïtale : « *homo triste post coitum* ». Celui qui est sujet de l'amour est « *felix post coitum* ».

Comme tout ce qui est vivant et tout ce qui est humain, l'amour est soumis au deuxième principe de la thermodynamique qui est un principe de dégradation et de désintégration universel. Mais les êtres vivants vivent de leur propre désintégration en la combattant par la régénération.

Qu'est-ce que vivre ?

Héraclite disait : « Mourir de vie, vivre de mort. » Nos molécules se dégradent et meurent, et sont remplacées par d'autres. Nous vivons en utilisant le processus de notre décomposition pour nous rajeunir, jusqu'au moment où nous n'en pouvons plus. Il en est de même de l'amour qui ne vit qu'en renaissant sans cesse.

Le sublime est toujours dans l'état naissant de l'enamourement. Francesco Alberoni l'a bien expliqué dans son livre : *Innamoramento e Amore*, très mal traduit en français sous le titre *Le Choc amoureux*. L'amour, c'est la régénération permanente de l'amour naissant. Tout ce qui s'institue dans la société, tout ce qui s'installe dans la vie commence à subir des forces de désintégration ou d'affadissement. Le problème de l'attachement dans l'amour est souvent tragique, car l'attachement s'approfondit souvent au détriment du désir.

Certains éthologues, après avoir remarqué que le fils adulte de la chimpanzette ne copulait pas avec sa mère, qu'il n'y avait pas d'attraction sexuelle de part et d'autre, ont pensé que l'inhibition de la pulsion génitale provenait sans doute du long attachement mère-fils. Un attachement long et constant rend plus intime le lien, mais tend à désintégrer la force du désir qui serait plutôt exogame, tourné vers l'inconnu, vers le nouveau.

On peut se demander si le long attachement du couple qui le consolide, qui l'enracine, qui crée une affection profonde ne tend pas à détruire effectivement ce qu'avait apporté l'amour à l'état naissant. Mais l'amour est comme la vie, paradoxal, il peut y avoir des amours qui durent, de la même façon que la vie dure. On vit de mort, on meurt de vie. L'amour devrait pouvoir, potentiellement, se régénérer, opérer en lui-même une dialogique entre la prose qui se répand dans la vie quotidienne et la poésie qui donne de la sève à la vie quotidienne.

Ce qui est tout à fait remarquable, c'est que l'union du mythologique et du physique se fait dans le visage. Dans le regard amoureux, il y a quelque chose qu'on aurait tendance à décrire en termes magnétiques ou électriques, quelque chose qui relève de la fascination, parfois aussi terrifiante que la fascination du boa sur le poulet, mais qui peut être réciproque. Et, dans ces yeux qui portent une sorte de pouvoir magnétique subjugant, la mythologie humaine a mis une des localisations de l'âme.

De même pour la bouche ! La bouche n'est pas seulement ce qui mange, absorbe, donne (saliver/lécher), c'est aussi la voie de passage du souffle, lequel correspond à une conception anthropologique de l'âme. Le baiser sur la bouche, que l'Occident a popularisé et mondialisé, concentre et concrétise la rencontre inouïe de toutes les puissances biologiques, érotiques, mythologiques de la bouche. D'un côté, le baiser qui est un *analogon* de l'union physique, de l'autre, la fusion de deux souffles qui est une fusion des âmes.

La bouche devient quelque chose de tout à fait extraordinaire, ouverte sur le mythologique et sur le physiologique. N'oublions pas que cette bouche parle, et ce qu'il y a de très beau, c'est que les paroles d'amour sont suivies de silences d'amour.

Notre visage permet donc de cristalliser en lui toutes les composantes de l'amour. D'où le rôle, dès l'apparition du cinéma, de la magnification par le gros plan du visage, qui concentre en lui la totalité de l'amour.

Comment considérer le complexe d'amour ? La catégorie du sacré, du religieux, du mythique et du mystère est entrée dans l'amour individuel et elle s'y est enracinée au plus profond. Il existe une raison froide, rationaliste, critique, née du siècle des Lumières, qui engendre le scepticisme comme devant toute religion. De fait, la froide raison tend non seulement à dissoudre l'amour, mais aussi à le considérer comme illusion et comme folie. Par contre, dans la conception romantique, l'amour devient la vérité de l'être. Y a-t-il une raison amoureuse comme il y a une raison dialectique, qui dépasse les limitations de la raison glacée ?

Sous l'angle de la froide raison le mythe a toujours été considéré comme un épiphénomène superficiel et illusoire. Pour le XVIIIᵉ siècle, la religion était une invention des prêtres, une supercherie faite pour berner les peuples. Ce siècle n'a pas compris les racines profondes du besoin religieux et notamment du besoin de salut.

Je suis de ceux qui croient à la profondeur anthropo-sociale du mythe, c'est-à-dire à sa réalité. Je dirai même que notre réalité a toujours une composante mythologique. Et j'ajouterai que, entre *homo sapiens* et *homo demens*, la folie et la sagesse, il n'y a pas une frontière nette. On ne sait pas quand on passe de l'un à l'autre, et il y a aussi des réversibilités : ainsi, par exemple, une vie rationnelle est une pure folie. C'est une vie qui s'occuperait uniquement à économiser son temps, à ne pas sortir quand il fait mauvais, à vouloir vivre le plus longtemps possible, donc à ne pas faire d'excès alimentaires, d'excès amoureux. Pousser la raison à ses limites aboutit au délire.

Alors, qu'est-ce que l'amour ?

C'est le comble de l'union de la folie et de la sagesse. Comment démêler cela ? Il est évident que c'est le problème que nous affrontons dans notre vie, et qu'il n'y a aucune clé qui permette de trouver une solution extérieure ou supérieure. L'amour porte justement cette contradiction fondamentale, cette coprésence de la folie et de la sagesse.

Je dirai sur l'amour ce que je dis en général sur le mythe. Dès qu'un mythe est reconnu comme tel, il cesse de l'être. Nous sommes arrivés à ce point de la conscience où nous nous rendons compte que les mythes sont des mythes. Mais nous nous apercevons en même temps que nous ne pouvons pas nous passer de mythes. On ne peut pas vivre sans mythes, et j'inclurai parmi les « mythes » la croyance à l'amour, qui est un des plus nobles et des plus puissants, et peut-être le seul mythe auquel nous devrions nous attacher. Et pas seulement, alors, amour inter-individuel, mais dans un sens beaucoup plus élargi, sans évidemment scotomiser l'amour individuel. Nous avons effectivement le problème d'une convivialité avec nos mythes, c'est-à-dire non pas une relation de compromis, mais une relation complexe de dialogue, d'antagonisme et d'acceptation.

L'amour pose à sa façon le problème du pari de Pascal, lequel avait compris qu'il n'y a aucun moyen de prouver logiquement l'existence de Dieu. On ne peut pas prouver empiriquement et logiquement la nécessité de l'amour. On ne peut que parier pour et sur l'amour. Adopter avec notre mythe d'amour l'attitude du pari, c'est être capable de nous donner à lui, tout en dialoguant avec lui de façon critique. L'amour fait partie de la poésie de la vie. Nous devons donc vivre cette poésie, qui ne peut pas se répandre sur toute la vie parce que, si tout était poésie, tout ne serait que prose. De même qu'il faut de la souffrance pour connaître le bonheur, il faut de la prose pour qu'il y ait poésie.

Dans l'idée de pari, il faut savoir qu'il y a le

risque de l'erreur ontologique, le risque de l'illusion. Il faut savoir que l'absolu est en même temps l'incertain. Il faut que nous sachions que, à un moment donné, nous engageons notre vie, d'autres vies, souvent sans le savoir et sans le vouloir. L'amour est un risque terrible car ce n'est pas seulement soi que l'on engage. On engage la personne aimée, on engage aussi ceux qui nous aiment sans qu'on les aime, et ceux qui l'aiment sans qu'elle les aime.

Mais, comme disait Platon de l'immortalité de l'âme, c'est un beau risque à courir. L'amour est un très beau mythe. Évidemment, il est condamné à l'errance et à l'incertitude : « Est-ce bien moi ? Est-ce bien elle ? Est-ce bien nous ? »

Avons-nous la réponse absolue à cette question ? L'amour peut aller du foudroiement à la dérive. Il possède en lui le sentiment de vérité, mais le sentiment de vérité est à la source de nos erreurs les plus graves. Combien de malheureux, de malheureuses, se sont illusionnés sur la « femme de leur vie », l'« homme de leur vie » !

Mais rien n'est plus pauvre qu'une vérité sans sentiment de vérité. Nous constatons la vérité que deux et deux font quatre, nous constatons la vérité que cette table est une table, et non pas une chaise, mais nous n'avons pas le sentiment de la vérité de cette proposition. Nous en avons seulement l'intellection. Or, il est certain que, sans sentiment de vérité, il n'est pas de vérité vécue. Mais justement, ce qui est la source de la plus grande vérité est en même temps la source de la plus grande erreur.

C'est pourquoi l'amour est peut-être notre plus vraie religion et en même temps notre plus vraie maladie mentale. Nous oscillons entre ces deux pôles aussi réels l'un que l'autre. Mais, dans cette oscillation, ce qu'il y a d'extraordinaire, c'est que notre vérité personnelle est révélée et apportée par l'autre. En même temps, l'amour nous fait découvrir la vérité de l'autre.

L'authenticité de l'amour, ce n'est pas seulement de projeter notre vérité sur l'autre et finalement ne voir l'autre que selon nos yeux, c'est de nous laisser contaminer par la vérité de l'autre. Il ne faut pas être comme ces croyants qui trouvent ce qu'ils cherchent parce qu'ils ont projeté la réponse qu'ils attendaient. Et c'est ça aussi, la tragédie : nous portons en nous un tel besoin d'amour que parfois une rencontre au bon moment – ou peut-être au mauvais moment – déclenche le processus du foudroiement, de la fascination.

A ce moment-là, nous avons projeté sur autrui ce besoin d'amour, nous l'avons fixé, durci, et nous ignorons l'autre qui est devenu notre image, notre totem. Nous l'ignorons en croyant l'adorer. C'est là, effectivement, une des tragédies de l'amour : l'incompréhension de soi et de l'autre. Mais la beauté de l'amour, c'est l'interpénétration de la vérité de l'autre en soi, de celle de soi en l'autre, c'est de trouver sa vérité à travers l'altérité.

Je conclus. La question de l'amour revient à cette possession réciproque : posséder ce qui nous possède. Nous sommes des individus produits par des processus qui nous ont précédés ; nous sommes possédés par des choses qui nous dépassent et qui iront au-delà de nous, mais, d'une certaine façon, nous sommes capables de les posséder.

Partout, toujours, la double possession constitue la trame et l'expérience même de nos vies.

Et je terminerai en donnant à la recherche de l'amour la formule de Rimbaud, celle de la recherche d'une vérité qui soit à la fois dans une âme et dans un corps.

LA SOURCE
DE POÉSIE

J'essaierai de soutenir la thèse suivante : l'avenir de la poésie est dans sa source même.

Quelle est cette source ? Elle est difficile à percevoir. Elle se perd dans les profondeurs humaines, aussi bien dans les profondeurs de la préhistoire, là où a jailli le langage, dans les profondeurs de cette chose étrange qu'est le cerveau et l'esprit humain. Je voudrais donc avancer quelques idées préliminaires pour parler de la poésie. Tout d'abord, il faut reconnaître que, quelle que soit sa culture, l'être humain produit deux langages à partir de sa langue : un langage qui est le langage rationnel, empirique, pratique, technique ; l'autre qui est symbolique, mythique, magique. Le premier tend à préciser, dénoter, définir, il s'appuie sur la logique et il essaie d'objectiver ce dont il parle. Le second utilise plutôt la connotation, l'analogie, la métaphore, c'est-à-dire le halo de significations qui entoure chaque mot, chaque énoncé, et essaie de traduire la vérité de la subjectivité. Ces deux langages peuvent être juxtaposés ou mêlés, ils peuvent être séparés, opposés, et à ces deux langages correspondent deux états. L'état premier, qu'on peut appeler prosaïque, l'état où nous nous efforçons de percevoir, de raisonner, et qui est l'état qui couvre une grande partie de notre vie quotidienne. Le second état, que l'on peut justement appeler « état second », l'état poétique.

L'état poétique peut être donné par la danse, par le chant, par le culte, par les cérémonies et, évidemment, il peut être donné par le poème. Fernando Pessoa disait qu'en chacun de nous il y a deux êtres. Le premier, le vrai, c'est celui de nos songes, de nos rêves, qui naît dans l'enfance, qui se poursuit toute la vie, et le second être, le faux, est celui des apparences, de nos discours, de nos actes, de nos gestes. Je ne dirais pas que l'un est vrai et que l'autre est faux, mais, effectivement, à ces deux états correspondent deux êtres en nous. Et à l'état second correspond ce que l'adolescent Rimbaud avait clairement perçu, notamment dans sa fameuse *Lettre du voyant* ; ce n'est pas un état de vision, c'est un état de voyance.

Donc, poésie-prose, tel est le tissu de notre vie. Hölderlin disait : « Poétiquement, l'homme habite la terre. » Je crois qu'il faut dire que l'homme l'habite poétiquement et prosaïquement à la fois. S'il n'y avait pas de prose, il n'y aurait pas de poésie, la poésie ne pouvant apparaître évidente que par rapport à la prosaïté. Nous avons donc cette double existence, cette double polarité, dans nos vies.

Dans les sociétés archaïques, qu'on appelait injustement primitives, qui ont peuplé la terre, qui ont fait l'humanité et dont les dernières sont en train d'être sauvagement massacrées en Amazonie et dans d'autres régions, il y avait une relation étroite entre les deux langages et les deux états. Ils étaient entremêlés. Dans la vie quotidienne, le travail était accompagné de chants, de rythmes, on préparait avec des mortiers la farine en chantant, on utilisait ce rythme. Prenons l'exemple de la préparation de la chasse, dont témoignent encore les peintures préhistoriques, notamment celles de la grotte de Lascaux, en France ; ces peintures nous indiquent que les chasseurs font des rites d'envoûtement sur des gibiers qui sont peints sur la roche, mais ils ne se satisfont pas de ces rites : ils utilisent des flèches réelles, ils utilisent des stratégies empiriques, pratiques, et ils mêlent les deux. Or, dans nos sociétés contemporaines occidentales, une séparation, je dirais même une disjonction, s'est opérée entre les deux états, la prose et la poésie.

Il y a eu deux ruptures. La première rupture, c'est quand, à partir de la Renaissance, s'est développée une poésie de plus en plus profane. Il y a eu aussi une autre dissociation qui s'est opérée à partir du XVIIᵉ siècle entre, d'un côté, une culture devenue scientifique et technique et, de l'autre, une culture humaniste, littéraire, philosophique, comportant évidemment la poésie. C'est à la suite de ces deux dissociations que la poésie s'est autonomisée et qu'elle est devenue strictement poésie. Elle s'est séparée de la science, elle s'est séparée de la technique, elle s'est évidemment séparée de la prose.

Elle s'est séparée des mythes, je veux dire qu'elle n'est plus mythe, mais elle se nourrit toujours de sa source qu'est la pensée symbolique, mythologique, magique.

Dans notre culture occidentale, la poésie, comme la culture humaniste, s'est trouvée reléguée. Elle s'est trouvée reléguée dans le loisir, dans le divertissement, elle s'est trouvée reléguée pour les adolescents, pour les femmes, elle est devenue en quelque sorte un élément infériorisé par rapport à la prose de la vie.

Il y a eu deux révoltes historiques de la poésie. La première, c'est le romantisme, et notamment le romantisme à sa source allemande. C'est la révolte contre l'invasion de la prosaïté, le monde utilitaire, le monde bourgeois, le monde qui se développe au début du XIXe siècle.

La seconde révolte, elle, se situe au début du XXe siècle, c'est le surréalisme. Le surréalisme signifie le refus de la poésie de se laisser enfermer dans le poème, c'est-à-dire dans une pure et simple expression littéraire. Non pas négation du poème, puisque Breton, puisque Péret, puisque Eluard, etc., ont fait des poèmes admirables ; mais l'idée surréaliste, c'est que la poésie trouve sa source dans la vie. Dans la vie, avec ses rêves et ses hasards, et

vous savez quel intérêt les surréalistes portaient au
hasard. Il y a donc eu cette entreprise de déprosaï-
sation de la vie quotidienne qu'avait commen-
cée Arthur Rimbaud lorsqu'il s'émerveillait des
baraques foraines, du latin d'église. De même, les
surréalistes ont dignifié le cinéma, et ce sont eux
qui, les premiers, ont admiré Charlie Chaplin.
Donc, déprosaïser la vie quotidienne, réintroduire la
poésie dans la vie, tel fut le message premier du
surréalisme. Il y avait aussi une révolte, une révolte
non seulement contre le monde prosaïsé, mais
contre les horreurs qu'avait apportées la Première
Guerre mondiale, d'où l'aspiration révolutionnaire.
Vous savez que Breton a voulu associer la formule
révolutionnaire politique « changer le monde » à la
formule surréaliste poétique « changer la vie ».
Mais cette aventure, cette aventure elle-même a
conduit à bien des errements, à bien des erreurs, et
je dirais même à l'autodestruction des poètes,
quand ceux-ci ont subordonné la poésie à un parti
politique. Là se trouve un des paradoxes de la
poésie. Le poète n'a pas à s'enfermer dans un
domaine strict, confiné, le domaine des jeux de
mots, le domaine des jeux de symboles. Le poète a

une compétence totale, multidimensionnelle, qui concerne donc l'humanité et la politique, mais il n'a pas à se laisser asservir par l'organisation politique. Le message politique du poète est de dépasser la politique.

Donc, nous avons eu deux révoltes de la poésie. Et maintenant, quelle est la situation dans cette fin de siècle qui est en même temps fin de millénaire ?

Eh bien, il y a tout d'abord ce que l'on peut appeler le déferlement de l'hyper-prose. Le déferlement de l'hyper-prose, c'est le déferlement d'un mode de vie monétarisé, chronométré, parcellarisé, compartimenté, atomisé, et pas seulement d'un mode de vie, mais aussi d'un mode de pensée où des experts spécialistes sont désormais compétents pour tous problèmes, et cette invasion de l'hyper-prose est liée au déferlement économico-techno-bureaucratique. Dans ces conditions, l'invasion de l'hyper-prose crée à mon avis la nécessité d'une hyper-poésie.

Il y a un autre événement qui marque cette fin de siècle : c'est la destruction, ou plutôt l'autodestruction de l'idée de salut terrestre. On a pu croire que le progrès était automatiquement garanti par l'évolution historique. On a cru que la science ne pouvait être que progressive, que l'industrie ne pouvait apporter que des bienfaits, que la technique ne pouvait apporter que des améliorations. On a cru que des lois de l'histoire garantissaient l'épanouissement de l'humanité et, sur cette base, on a cru qu'il était possible de mettre sur terre le salut, c'est-à-dire ce règne du bonheur que les religions avaient promis dans le ciel. Or, on assiste aujourd'hui à l'effondrement de l'idée qu'il puisse y avoir un salut sur terre, ce qui ne veut pas dire qu'il faille renoncer à l'idée d'améliorer les rapports humains et de civiliser l'humanité. L'abandon de l'idée de salut est lié à la compréhension qu'il n'y a pas de lois de l'histoire, que le progrès n'est pas garanti, qu'il n'est pas automatique. Non seulement le progrès doit être conquis, mais, chaque fois qu'il est conquis, il peut régresser et il faut sans cesse le régénérer.

Aujourd'hui, comme dit le philosophe tchèque Patocka, « le devenir est problématisé, et il le restera à jamais ». Nous sommes dans cette aventure incertaine, et chaque jour les événements qui surviennent dans le monde nous l'indiquent, nous sommes dans « nuit et brouillard ». Pourquoi sommes-nous dans nuit et brouillard ? Parce que nous sommes entrés pleinement dans l'ère planétaire. Nous sommes entrés dans cette ère dans laquelle il y a des actions multiples et incessantes entre toutes les parties de la Terre, où ce qui concerne les puits de pétrole en Irak et au Koweït concerne l'humanité entière. Mais en même temps nous devons comprendre que nous sommes sur cette petite planète, maison commune, perdus dans le cosmos, et que, effectivement, nous avons une mission qui est de civiliser les rapports humains sur cette Terre. Les religions du salut, les politiques du salut disaient : Soyez frères, parce que nous serons sauvés. Je crois qu'aujourd'hui il faut que nous disions : Soyons frères parce que nous sommes perdus, perdus sur une petite planète de banlieue d'un soleil suburbain d'une galaxie périphérique d'un monde privé de centre. Nous sommes là, mais nous avons les plantes, les oiseaux, les fleurs, nous avons la diversité de la vie, nous avons les possibilités de l'esprit humain. C'est là désor-

mais notre seul fondement et notre seul ressourcement possible.

La découverte de notre situation de perdition dans
un gigantesque cosmos est venue des découvertes de
l'astrophysique. Cela veut dire qu'aujourd'hui un
dialogue est possible entre science et poésie, parce
que la science nous révèle un univers fabuleusement
poétique tout en redécouvrant les problèmes philo-
sophiques capitaux : qu'est-ce que l'homme ? Quelle
est sa place ? Quel est son sort ? Que peut-il espérer ?
En effet, l'ancien univers de la science était une
machine parfaite, totalement déterministe, animée
par un mouvement perpétuel, une horloge permanente, dans laquelle il ne pouvait rien se passer, rien
se créer, rien arriver. Or, cette machine lamentable-
ment pauvre dans sa perfection est désintégrée. Que
voyons-nous ? Nous voyons l'univers naître, peut-
être, il y a quinze milliards d'années, d'une déflagra-
tion, d'où brusquement jaillit le temps, jaillit la
lumière, jaillit la matière, comme si ce début était
une sorte d'explosion désorganisatrice et que l'univers s'organisait à travers cette désorganisation.
Nous sommes dans une aventure incroyable. La vie
nous semblait une chose banale, évidente, et nous

découvrons qu'une bactérie, avec ses millions de molécules, est plus complexe que toutes les usines de la Ruhr réunies. Nous nous rendons compte que le réel qui semblait si solide, si évident, ce réel brusquement s'évanouit au regard de la microphysique, et qu'au regard du cosmos le temps et l'espace, qui semblaient si distincts, se mêlent. Beaucoup d'astrophysiciens pressentent que ce monde de séparation de l'espace et du temps est comme l'écume, l'écume de quelque chose d'autre dans lequel les séparations de l'espace et du temps n'existent plus.

Où en est la poésie aujourd'hui ? Nous avons acquis, pas seulement en poésie mais aussi dans les autres domaines, l'idée qu'il n'y a pas d'avant-garde, dans le sens où l'avant-garde apporterait quelque chose de mieux que ce qui était avant. Le nouveau n'est pas nécessairement meilleur, et c'est peut-être la vérité de l'idée postmoderne. Fabriquer du nouveau pour le nouveau est stérile. Le problème n'est pas dans la production systématique et forcenée du nouveau. La vraie nouveauté naît toujours dans le retour aux sources. Pourquoi Jean-Jacques

Rousseau a-t-il été si prodigieusement nouveau ? C'est parce qu'il a voulu se pencher sur la source de l'humanité, sur l'origine de la propriété, sur l'origine de la civilisation, et, dans le fond, toute nouveauté doit passer par le ressourcement et le retour à l'ancien. Il peut y avoir du postmoderne et du post-postmoderne, mais tout cela est secondaire. Le but de la poésie reste tout aussi fondamental, c'est de nous mettre dans un état second, ou plutôt, de faire que l'état second devienne l'état premier. Le but de la poésie est de nous mettre en l'état poétique.

NÉCESSAIRE ET
IMPOSSIBLE SAGESSE

La sagesse grecque est liée à la philosophie, puisque le mot philosophe veut dire « ami de la sagesse ». Que l'on prenne le socratisme, l'épicurisme, le stoïcisme, ce sont autant de règles pour une vie que l'on peut appeler sage. La question demeure de savoir si, par être sage, l'on doit entendre se détacher des plaisirs ou, au contraire, savoir en jouir. Dans tous les cas, même si les modèles de sagesse diffèrent, ils comportent inévitablement une règle de vie, une volonté de lucidité et l'incitation à ce que l'on pense être le bien. Au Moyen Age, avec le christianisme qui subordonne la philosophie comme ancillaire, il devient évident que l'idée antique de sagesse s'estompe au profit de la piété, de la charité et de la sainteté, lesquelles forment les idéaux et normes de la vie chrétienne. Le mot sagesse, devenu théologique, a été attribué à la troisième personne de la Trinité, ensuite à la connaissance surnaturelle ou à celle des choses divines. Puis ce mot, redevenu profane, est employé, à partir du XVe siècle, dans le sens de prudence, modération. Dès la renaissance de la philosophie, il s'est effectué une rupture, qui s'est accentuée par une véritable disjonction, dans le monde moderne, entre philosophie et sagesse, excepté chez Spinoza. Quant à l'époque de la philosophie universitaire, le jugement de Hegel en dit long, car, lorsqu'on lui demandait ce qu'était la philosophie, il répondait à peu près : « La philosophie, c'est le gagne-pain des professeurs de philosophie. » Actuellement, le mot philosophe signifie professeur de philosophie. La préoccupation éthique existe bien dans l'activité philosophique, comme en témoignent Jankélévitch, auteur d'un *Traité des vertus*, ou Comte-Sponville, mais le mot de sagesse a dépéri. Plus largement, l'hégémonie de l'activisme et de la *praxis* dans le monde contemporain a éliminé toute idée de sagesse.

Le monde occidental a inventé un modèle prométhéen de maîtrise, de conquête de la nature, qui écarte toute idée de sagesse. Le problème de la vie et de la mort est occulté par cette agitation dans laquelle nous sommes emportés. Un grand sociologue défunt, Georges Friedmann, après avoir fait beaucoup d'études sur le travail dans les sociétés modernes, a écrit un livre intitulé *La Puissance et la Sagesse*, livre qui n'eut aucun retentissement ni succès, mais dans lequel, en se penchant sur les sagesses antiques, les religions, le christianisme, il s'interrogeait enfin sur cette question. Depuis, nous avons commencé à sortir de l'idée de la puissance pour la puissance, de la conquête pour la conquête. Un des plus grands acquis, d'ailleurs, de la conscience contemporaine est la conscience des limites. Malheureusement, cette conscience est elle-même limitée à quelques secteurs seulement : limite de la croissance industrielle et technique, limite de la logique, limite de l'esprit humain face au cosmos.

Nous sommes dans une époque de transition et de prise de conscience d'un manque. D'où un besoin d'Orient, qui vient du vide de nos vies d'Occident. Ce besoin est stimulé par la découverte que notre individualisme est loin de nous apporter la paix intérieure. L'individualisme possède une face illuminée et claire : ce sont les libertés, les autonomies, la responsabilité. Mais il possède une face sombre, dont l'ombre s'accroît chez nous : l'atomisation, la solitude, l'angoisse. Conjointement, nous avons découvert que les relations entre nos âmes, nos esprits (*minds*) et nos corps étaient perturbées, d'où le recours à l'Orient du bouddhisme, du zen, des gourous. Ou bien, nous voyons se propager des modes proprement occidentaux pour traiter la relation corps-âme-esprit, comme les psychothérapies, les psychanalyses. Dans le recours aux pratiques orientales – parfois elles-mêmes occidentalisées, parce qu'elles sont, comme tout ce qui appartient à notre monde occidental, « chronométrées » –, à travers ces formes dégradées, que finit-on tout de même par apprendre ? Une certaine distanciation à l'égard de soi-même qu'est le fameux « lâcher-prise », un effort pour se désagripper de ce que l'on veut tenir compulsivement dans les mains. C'est également la pratique d'une méditation qui consiste à faire le vide ou le silence en soi. C'est une pratique différente de notre méditation occidentale, qui consiste à réfléchir sur quelque chose, à faire par l'esprit ce que font les différents estomacs de la vache (ruminer, reprendre, transformer). Reste une différence, ou une impossibilité, qui tient, je crois, au *background* culturel de notre civilisation marquée par le refus de la mort. Le bouddhisme, lui, est né dans un milieu de croyances dans lequel l'idée de la métempsycose s'imposait d'évidence. Dès lors, il s'agit d'échapper à ce cycle infernal de souffrances, afin de se fondre dans un néant qui est en même temps plénitude : le nirvana. Alors que, dans le *mindscape* occidental, dans notre paysage mental, l'idée demeure que la mort est ce gouffre béant et épouvantable qui nous dissout, d'où la demande persistante d'un salut, c'est-à-dire d'une victoire sur la mort et non d'un acquiescement au néant. Il y a donc une différence radicale sur la mort. Mais il y a une proximité très grande sur le message de vie entre christianisme et bouddhisme. Moi-même, j'ai écrit que je me considérais comme « néo-bouddhiste ». Cela signifiait que, ne pouvant adhérer à son substrat métaphysique, la métempsycose, je considérais que le message de compassion pour la souffrance – pas seulement humaine, mais de tout être vivant –, qui est le message fondamental de Siddharta, pouvait et devait être incorporé en nous.

Ainsi il coïncide avec le message évangélique, évidemment toujours recouvert par le dogmatisme des Églises, qui est celui du Sermon sur la montagne et des Béatitudes. La compassion chrétienne est limitée aux humains, mais elle comporte quelque chose d'original et d'important : la capacité du pardon. Par conséquent, je peux intégrer en moi les deux messages en un syncrétisme philosophico-éthico-culturel, prenant dans ce métissage ce qui me convient. Ainsi l'Orient nous pénètre à travers mille voies et mille tissus quotidiens, tandis que, de son côté, l'Occident technique, industriel et capitaliste déferle sur l'Orient.

Je voudrais maintenant passer à la question qui rend aujourd'hui inadéquat le modèle antique de la sagesse grecque. Non pas pour la raison historique que nous sommes agités, activisés, vivant au jour le jour, que nous sommes incapables de prendre une distance vis-à-vis de nous-mêmes, mais, dirais-je, pour une raison anthropologique clé. Lorsque j'ai voulu entreprendre une réflexion anthropologique dans *Le Paradigme perdu : la nature humaine*, il m'est apparu qu'on ne pouvait parler d'*homo sapiens* et qu'il fallait parler d'*homo sapiens-demens*. On ne peut pas faire comme si l'homme se définissait par rapport aux autres animaux uniquement par ce mot de *sapiens*, qui signifie au minimum « raison », et au maximum « sagesse », impliquant que tout ce qui chez lui n'est pas raison et sagesse devrait être considéré comme égarement provisoire, accidentel ou perturbateur, dû à l'insuffisance d'éducation, etc.

Si on définit *homo* uniquement comme *sapiens*, on en occulte l'affectivité, et on la disjoint de la raison intelligente. Or, quand vous remontez en deçà de l'humanité, vous êtes frappé par le fait que le développement de l'intelligence chez les mammifères (capacité stratégique de connaissance et d'action) est étroitement corrélé avec le développement de l'affectivité. La très grande affectivité des mammifères commence de la façon la plus douce, la plus adorable dans le fait que les enfants qui sortent immatures du ventre de leur mère ont besoin de la protection, de la chaleur de ces mères poilues aux seins multiples desquelles ils s'allaitent. C'est dans la chaleur de la portée tassée sous la mère que se noue la relation affective, que se noue le lien qui va continuer au-delà de l'enfance, et chez les humains jusqu'à un âge adulte et même sénile. Il y a donc cette relation affective, et surtout les intercommunications qui se développent continuellement, comme l'attestent les observations, par exemple chez les chimpanzés, qui maintiennent des rapports affectueux entre mère et fils devenus adultes, et cela sans inceste. Les relations d'amitié y sont multiples, il y a des « tantes », des « oncles » qui s'occupent des enfants des autres. En somme, la multiplicité de l'affectivité contribue au développement de l'intelligence. Le langage humain ne répond pas seulement à des besoins pratiques et utilitaires. Il répond aux besoins de communication affective. Le langage humain permet de dire des mots gentils. Il permet également de parler pour parler, de dire n'importe quoi pour le plaisir de communiquer avec autrui.

Ainsi donc, l'intelligence et l'affectivité sont corrélées. L'affectivité comporte évidemment un aspect noir. L'aspect rose est la participation, l'amour, les échanges, toutes choses qui apparaissent déjà chez nos cousins chimpanzés. L'aspect noir apparaît aussi chez eux avec leur facilité à se mettre en colère pour des riens, comme nous dans les rues de Paris. Ils connaissent les colères, les fureurs, le stress. L'affectivité est à la fois ce qui nous aveugle et ce qui nous éclaire, mais l'affectivité humaine a inventé quelque chose qui n'existait pas : la haine, la méchanceté gratuite, la volonté de détruire pour détruire. *Homo sapiens* est aussi *homo demens*. Si nous pouvions dire : nous sommes 50 % *sapiens*, 50 % *demens*, avec une frontière au milieu, ce serait très bien. Mais il n'y a pas de frontière nette entre les deux. *Sapiens* et *demens* sont deux pôles. De plus, le propre du cerveau humain, ce cerveau hypertrophié, est de fonctionner avec beaucoup de bruit (*noise* en langage informatique) et de désordre ; mais, sans ce désordre, il n'y aurait pas possibilité de création et d'invention. Lorsque Rimbaud dit : « Je finis par trouver sacré le désordre de mon esprit », il montre qu'il a compris qu'il y a dans le désordre quelque chose sans lequel la vie ne serait que platitude mécanique. Alors, dans la copulation de *sapiens* et de *demens*, vous avez la créativité, l'invention, l'imagination... mais aussi la criminalité, le mal, la méchanceté. Nous voyons très bien que ce que nous appelons génie se situe au-dessus, au-delà et en deçà de l'alternative raison-folie. Nous voyons très bien que de grands esprits ont parfois sombré : Hölderlin, Nietzsche, Van Gogh.

Cela étant dit, on peut alors se demander : « Qu'est-ce qu'une vie raisonnable ? » Il n'y a aucun critère raisonnable d'une vie raisonnable. A la limite, on peut se demander si manger sainement, vivre sainement, ne pas prendre de risques, ne jamais dépasser la dose prescrite, est vraiment vivre, c'est-à-dire si la vie raisonnable n'est pas une vie démente. N'est-ce pas folie que de vouloir éradiquer notre folie ? La vie comporte un minimum de dépense, de gratuité, de « consumation » (Bataille), de déraison. Castoriadis a dit : « L'homme est cet animal fou dont la folie a inventé la raison. »

Soyons quelque peu ambivalents dans ce domaine. Je distinguerai entre rationalité et rationalisation. Elles sont issues de la même source, c'est-à-dire du besoin d'avoir une conception cohérente, justifiée par une argumentation fondée sur l'induction et la déduction. La rationalité recherche et vérifie l'adéquation entre le discours et l'objet du discours, mais la rationalisation s'enferme dans sa logique. Du reste, Freud appelait « rationalisation » cette forme de délire qui, à partir d'un postulat ou d'un constat limité, tire des conséquences logiques absolues en perdant en cours de route le support empirique. Les dogmes rationalisateurs sont ceux qui se vérifient, non pas par rapport à l'expérience ou aux événements du monde réel, mais par rapport à la parole sacralisée de leurs fondateurs. Ainsi la rationalisation s'autoconfirme dans ses textes sacrés, ceux par exemple de Marx, Freud, Lacan… La rationalité, par contre, est ouverte. Elle accepte que ses propres théories soient « biodégradables », qu'elles puissent être éventuellement renversées par des arguments ou des événements qui la contredisent. La raison du siècle des Lumières se présente sous une forme extraordinairement ambivalente : d'un côté l'esprit critique, sceptique, autocritique de la rationalité (Voltaire, Diderot), de l'autre la rationalisation qui aboutit à la déesse Raison à laquelle Robespierre a voué un culte. La raison du rationalisme est devenue autosuffisante et providentielle : « La Raison guide nos pas ! » Marx a même utilisé la raison historique comme fondement d'une religion terrestre. Marx se montra un esprit d'une puissance extraordinaire en intégrant dans sa pensée tout à la fois les apports des économistes anglais, de la philosophie allemande, des Lumières et du socialisme français. Mais sans s'en rendre compte, en se croyant rationnel, scientifique et matérialiste, il a apporté la promesse assurée d'un monde sans exploitation. Il a apporté un messie qui était le prolétariat, et le marxisme, sous une forme dégradée, est devenu une religion terrestre, capable de susciter, comme la religion céleste, des martyrs et des bourreaux innombrables.

Alors, nous devons savoir qu'il y a toujours les risques d'un délire de la raison. Toutefois, l'héritage de la rationalité européenne doit être conservé, dans le sens où cette rationalité n'est pas seulement critique, mais aussi autocritique. C'est cette rationalité qui a permis à Montaigne de douter de notre civilisation par rapport à celle, par exemple, des Indiens d'Amérique, qui a permis à Pascal de dire : « Vérité en deçà des Pyrénées, erreur au-delà », et qui, tardivement dans ce siècle, a permis aux anthropologues occidentaux de se rendre compte que les cultures dites primitives n'étaient pas seulement des tissus de superstitions, mais pouvaient comporter également, étroitement mêlées, des sagesses et des vérités profondes. Et c'est ce qui permet aujourd'hui de considérer que les civilisations multiséculaires de l'Asie ne comportent pas seulement de l'arriération, mais aussi des valeurs culturelles sous-développées ou simplement ignorées en Occident. Et puis, il faut ajouter que le rationalisme occidental a suscité dès le XIXᵉ siècle, et notamment vers 1848, date approximative de l'expansion du monde industriel et technique, un contre-flux. C'est le retour du spiritisme. Les esprits, alors plus ou moins refoulés dans les profondeurs de la forêt de Brocéliande, reviennent dans une maison urbaine en Angleterre. Ils avaient bien pu, pendant un temps, être chassés par la conjonction de l'Église catholique et du rationalisme, mais ils finissent par réapparaître. L'astrologie est aussi réapparue, ainsi que mille féeries magiques. Je dirai, à ce propos, que nous avons en nous un fond anthropologique magique que nous ne pouvons pas éradiquer. Il faut peut-être nous en amuser. Vous savez que les amulettes, les grigris, les biorythmes, les horoscopes donnent confiance et sont ainsi des formes d'aide à la décision. C'est en fait la chose la plus inoffensive qui soit que d'avoir sur soi un grigri ou de consulter un astrologue. Ce sont les rationalistes maniaques qui pensent irrationnellement que la plus grande menace qui pèse actuellement sur l'humanité est l'astrologie. Beaucoup d'entre eux avaient été staliniens au nom de la Raison.

Alors, être rationnel, ne serait-ce pas comprendre les limites de la rationalité et de la part de mystère du monde ? La rationalité est un outil merveilleux, mais il y a des choses qui excèdent l'esprit humain. La vie est un mixte d'irrationalisable et de rationalité. Il faudrait apprendre à jouer, de façon ludique en quelque sorte, avec cette part irrationnelle de nos vies et savoir l'accepter. J'avoue que, lorsque je suis seul dans la forêt la nuit, j'ai peur, non pas des brigands, mais des fantômes ! Je sais que c'est une peur irrationnelle, mais, en même temps, je sais que je ne peux pas la refouler.

Revenons au problème de la vie selon la raison. Les Grecs n'avaient pas inventé le mot « raison », contrairement à l'opinion de certains hellénistes qui, forts de leur savoir, disent : « Pardon, ils nommaient la raison *Logos*. » Non ! Le *Logos* d'Héraclite n'est pas exactement cela. C'est le monde moderne qui a fait surgir le concept de raison, et c'est à partir du moment où le sens du mot raison a été fixé que la raison est devenue déraisonnable. Dès lors, la dialectique, ou plutôt, selon mes termes, la dialogique entre *sapiens* et *demens* a joué au sein même du rationalisme et de la raison.

Alors, maintenant, à la recherche de la sagesse perdue, nous nous rendons compte que la rationalité va nous donner quelques indications, mais que, finalement, nous n'allons pas y trouver de guide de vie. Plus nous croyons que la raison nous guide, plus nous devrions être inquiets du caractère déraisonnable de cette raison.

Venons-en maintenant à l'aspect existentiel : qu'est-ce que la vie ? La vie est un tissu mêlé ou alternatif de prose et de poésie. On peut appeler prose les activités pratiques, techniques et matérielles qui sont nécessaires à l'existence. On peut appeler poésie ce qui nous met dans un état second : d'abord la poésie elle-même, puis la musique, la danse, la jouissance et, bien entendu, l'amour. Prose et poésie étaient étroitement entretissées dans les sociétés archaïques. Par exemple, avant de partir en expédition ou au moment des moissons, il y avait des rites, des danses, des chants. Nous sommes dans une société qui tend à disjoindre prose et poésie, et où il y a une très grande offensive de prose liée au déferlement technique, mécanique, glacé, chronométré, où tout se paie, tout est monétarisé. La poésie a bien sûr essayé de se défendre dans les jeux, les fêtes, les bandes de copains, les vacances. Chacun, dans notre société, essaie de résister à la prose du monde, comme, par exemple, dans les amours clandestines, parfois éphémères, toujours errantes. Il y a des prêts-à-consommer de poésie qui se vendent dans les clubs de vacances, Club Méditerranée par exemple : on y vit dans un monde sans argent, mais évidemment en payant d'avance. En résumé, la poésie c'est l'esthétique, c'est l'amour, c'est la jouissance, c'est le plaisir, c'est la participation et, dans le fond, c'est la vie ! Qu'est-ce qu'une vie raisonnable ? Est-ce mener une vie prosaïque ? Folie ! Mais nous y sommes partiellement obligés, car si nous n'avions qu'une vie en permanence poétique, nous ne le sentirions plus. Il nous faut de la prose pour ressentir la poésie. J'aimerais parler dans le cas de la poésie de ce que Georges Bataille appelait la « consumation », c'est-à-dire le fait de brûler d'un grand feu intérieur, opposé à la consommation, qui est un phénomène de supermarché. Il faut accepter la « consumation », la poésie, la dépense, le gaspillage, une part de folie dans sa vie... et c'est peut-être cela, la sagesse. La sagesse ne peut être que mélangée à la folie. Puis nous savons que l'aptitude à jouir – j'entends par là jouir de la vie, d'un bon repas, d'un bon vin –, c'est en même temps l'aptitude à souffrir. Si j'apprécie le bon vin, je souffre lorsque l'on m'oblige à boire un vin que je trouve mauvais, alors que, si je n'avais pas cette aptitude, je pourrais très bien boire n'importe quoi avec la même indifférence. De même, l'aptitude au bonheur, c'est l'aptitude au malheur. Il est évident que, si vous avez connu le bonheur avec un être qui vous est cher et que cet être vous quitte, vous êtes malheureux parce que, justement, vous avez connu le bonheur. L'attitude de rationalisation consisterait à dire : Pour ne pas être malheureux, je n'aimerai plus personne, ainsi je n'aurai plus de chagrin. Le *Tao-tö-king* dit : « Le malheur marche au bras du bonheur, le bonheur couche au pied du malheur. » Vous appelez le bonheur et vous en tirez les conséquences, qui sont d'accepter le malheur. Nous voici donc devant une situation très difficile, car il n'existe pas de programme de sagesse. Il y a, en revanche, l'idée que nous ne pouvons nous passer d'une dialogique toujours en mouvement entre notre polarité de *demens* et notre polarité de *sapiens*. Bien entendu, on peut, on doit éviter la pire démence ; mais est-ce cela, la sagesse ?

Je verrais l'effort de sagesse ailleurs, je le verrais dans l'effort d'auto-éthique. L'auto-éthique, c'est d'abord éviter la bassesse, éviter de céder aux pulsions vengeresses et méchantes. Cela suppose beaucoup d'autocritique, d'auto-examen, et l'acceptation de la critique d'autrui. Cela concerne aussi les universitaires et les professeurs de philosophie, qui ne sont pas plus que les autres à l'abri, en dépit des manuels de philosophie. L'auto-éthique est d'abord une éthique de la compréhension. Nous devons comprendre que les êtres humains sont des êtres instables, chez qui il y a la possibilité du meilleur et du pire, certains ayant de meilleures possibilités que

70

d'autres ; nous devons comprendre aussi que les êtres ont de multiples personnalités potentielles, et que tout dépend des événements, des accidents qui leur arrivent et peuvent libérer certaines d'entre elles. Hegel a dit à peu près ceci – qui est fondamental pour la compréhension d'autrui : « Si vous appelez criminel quelqu'un qui a commis un crime, par là vous effacez tous les autres aspects de sa personnalité ou de sa vie qui ne sont pas criminels. » Dans les films noirs, dits de gangsters, il y a un message philosophique qui passe inaperçu. Nous y voyons en effet des êtres vivant dans le crime, la drogue, qui peuvent s'aimer, avoir des amitiés, et qui ont leur code de l'honneur. Nous découvrons, dans ces êtres monstrueux, une humanité. Tout comme dans les tragédies de Shakespeare ou de Racine, où, de façon inverse, ce sont les rois, les princes, les modèles de vertus qui sont en proie aux passions les plus brutales et qui commettent ruses et forfaits. Lorsque nous allons au cinéma, nous participons plus que dans la vie : nous aimons un vagabond, un clodo, un Charlot-Chaplin, mais, à la sortie du film, nous nous détournons de ceux que nous croisons et nous trouvons qu'ils sentent mauvais. C'est le message du cinéma, considéré comme un art mineur, que l'on oublie toujours. Le message est cependant passé l'espace d'un instant. Il y a eu une compréhension anthropologique.

Il faut également comprendre que les conditions et les circonstances historiques peuvent entraîner les êtres vers des dérives fatales. Personnellement, j'ai vécu des époques de tourment historique. A partir de 1930, l'histoire est devenue folle. Nous avons vu la montée du fascisme, du nazisme, du stalinisme. Nous avons vu la France s'effondrer totalement. Un cas sinistre est celui du milicien Darnand. Celui-ci, en juin 1940, veut partir en Angleterre, mais, comme il n'a pas trouvé de bateau, son activisme l'amène finalement à devenir chef d'une milice qui a accompli des forfaits abominables dans la répression contre les maquis et les résistants. Nous voyons des êtres se faire emporter par le courant des événements. J'ai vu des amis, devenus soit collaborationnistes, soit staliniens, se laisser prendre dans l'engrenage de la machine et faire des choses immondes qu'ils n'auraient jamais pu faire au départ.

Si j'avais connu Touvier en 1944, je l'aurais tué, ou il m'aurait tué. Mais la compréhension nous amène à autre chose : l'aptitude au pardon et à la magnanimité, qui est quelque chose que nous devons cultiver. Je trouve sublime que Mandela ait pardonné les crimes ignobles commis pendant des années sur les Noirs… Cet acte de magnanimité devrait permettre à l'avenir sud-africain de connaître une vie métissée. Si Rabin et Arafat avaient demandé chacun le châtiment des criminels du camp opposé, il n'y aurait jamais eu de négociation. A un moment donné, on ne privilégie pas la paix pour des raisons seulement pragmatiques, lesquelles existent, bien entendu, mais pour des raisons profondément anthropologiques : ce sont les vertus de la magnanimité et du pardon, lesquels peuvent susciter le repentir, comme ce fut le cas pour la fille d'Aldo Moro allant voir les assassins de son père.

Dans l'auto-éthique, et notamment sur le plan élémentaire du refus des idées de vengeance et de punition, se situe le centre de la sagesse. C'est dans cette auto-éthique pour soi et pour autrui que sont impliquées ces vertus antiques qui nous reviennent par la voie orientale : savoir se distancier de soi-même, savoir s'objectiver. Je veux parler de ces pratiques qui consistent à se voir comme objet tout en sachant

que l'on est sujet, à pouvoir se découvrir, s'exami-
ner, etc. Cette distanciation, vous pouvez la tenter en
prise directe, comme chez Montaigne. L'effort d'introspection est vital, et ce qui est dommage, c'est
que nul ne l'enseigne. Non seulement on ne l'enseigne pas, mais on l'ignore – ainsi les psychologues
behavioristes, pour lesquels seul compte le compor-
tement, ou ces neuroscientistes pour lesquels seuls le
cerveau et ses neurones existent, et pour lesquels
l'introspection est sans valeur. Il faut pourtant ensei-
gner et apprendre à savoir se distancier, savoir s'objectiver, savoir s'accepter. Il faudrait aussi savoir
méditer et réfléchir afin de ne pas subir cette pluie
d'informations nous tombant sur la tête, chassée
elle-même par la pluie du lendemain et ainsi sans
trêve, ce qui ne nous permet pas de méditer sur
l'événement présenté au jour le jour, ne nous permet
pas de le contextualiser et de le situer. Réfléchir,
c'est essayer, une fois que l'on a pu contextualiser,
de comprendre, de voir quel peut être le sens, quelles
peuvent être les perspectives. Encore une fois, pour
moi, la ligne de force d'une sagesse moderne serait
la compréhension.

Je parle d'un point de vue personnel, parce que l'on ne peut pas faire comme si tout cela était anonyme. J'étais récemment à un colloque sur l'amour, et il m'a semblé que l'on ne pouvait parler de l'amour comme d'un objet extérieur. Nous avons tous vécu l'amour, cela fait partie de nous. En ce qui me concerne, j'essaie d'assumer non seulement ma propre dialogique de *sapiens-demens*, mais aussi la dialogique entre quatre forces qui sont très puissantes en moi, dont aucune n'arrive à dominer les autres et dont j'accepte la coexistence, le dialogue et le conflit. Je veux parler du doute et de la foi, de la rationalité et du mysticisme. C'est pourquoi j'aime Pascal, et ce dernier est devenu un auteur clé pour moi. Je vois chez lui cette haute rationalité et cette connaissance des limites de la raison. Il savait que l'ordre de la charité dépassait celui de la rationalité. Pascal était le fils de Montaigne, tout en ayant gardé sa foi. Pour ma part, je n'ai pas cette foi en un dieu de la révélation, mais foi en quelques principes que l'on appelle aussi « valeurs ». Mon mysticisme, je ne le vis pas comme Thérèse d'Avila, dont j'admire, du reste, les « ravissements »... pas comme Jean de la Croix, encore qu'il y ait chez lui une vision extrêmement profonde de la relation entre la connaissance et l'ignorance[1]. Mais je crois que je peux le ressentir, par exemple, devant une fleur, un coucher de soleil, un visage. Ainsi, dans ma dialogique permanente, aucun élément ne détruit l'autre. Voilà comment j'assume ce problème. De même, j'assume la contradiction entre une curiosité qui me pousse à me disperser, et le besoin de me reconcentrer pour produire le fruit de mon expérience et de ma pensée, c'est-à-dire *La Méthode*. D'un côté, je me dis : J'ai un besoin de connaissance complexe – et je sais qu'il est raisonnable. J'ai besoin de connaître, d'autant plus que les sciences apportent des révélations sur la vie, sur l'univers, sur la réalité... Mais jusqu'où mon besoin de connaissance est-il raisonnable ? Je sais qu'acquérir un savoir total est une tâche impossible. Adorno dit justement : « La totalité, c'est la non-vérité. » En même temps, je n'ar-

---

1. *Cuanto más alto se sube,*
   tanto menos se entendía
   que es la tenebrosa nube
   que a la noche esclarecía...

   (« D'autant plus haut il s'élève,/ et d'autant moins il comprend/ ce qu'est la sombre nuée/ qui éclairait la nuit... »)

rive pas à faire mon deuil de ce besoin de connaissance – ne serait-ce que du besoin de savoir ce qui se passe dans le monde –, parce que je me dis : Serait-il sage de renoncer à être citoyen de ce monde et d'être assujetti à des processus sans essayer de réfléchir ? Je vois et vis cette contradiction. Finalement, je crois que les grandes lignes de la sagesse se trouvent dans la volonté d'assumer les dialogiques humaines, la dialogique *sapiens-demens*, la dialogique prose-poésie.

La sagesse doit savoir qu'elle porte en elle une contradiction : il est fou de vivre trop sagement. Nous devons reconnaître que, dans la folie qu'est l'amour, il y a la sagesse de l'amour. L'amour de la sagesse – ou philosophie – manque d'amour. L'important, dans la vie, c'est l'amour. Avec tous les dangers qu'il comporte.

Cela ne suffit pas. Si le mal dont nous souffrons et faisons souffrir est l'incompréhension d'autrui, l'autojustification, le mensonge à soi-même (*self deception*), alors la voie de l'éthique – et c'est là que j'introduirai la sagesse – est dans l'effort de compréhension et non dans la condamnation — dans l'auto-examen, qui comporte l'autocritique et qui s'efforce de reconnaître le mensonge à soi-même.

SOURCES

Le complexe d'amour : conférence prononcée au colloque « Paroles d'amour » organisé par le Planning familial de Grenoble les 16-17 mars 1990.

La source de poésie : conférence prononcée au festival international de poésie de Strouga (alors Macédoine yougoslave) en été 1990.

Nécessaire et impossible sagesse : conférence prononcée, sous le titre : « Peut-il y avoir une sagesse moderne ? », au Centre de recherches sur l'imaginaire social et de l'éducation, à Paris, le 26 novembre 1995.

TABLE

DU MÊME AUTEUR

LA MÉTHODE

La Nature de la Nature (t. 1)
Seuil, 1977
et « Points Essais », n° 123, 1981

La Vie de la Vie (t. 2)
Seuil, 1980
et « Points Essais », n° 175, 1985

La Connaissance de la Connaissance (t. 3)
Seuil, 1986
et « Points Essais », n° 236, 1992

Les Idées. Leur habitat, leur vie,
leurs mœurs, leur organisation (t. 4)
Seuil, 1991
et « Points Essais », n° 303, 1995

L'Humanité de l'humanité (t. 5)
L'identité humaine
Seuil, 2001
et « Points Essais » n° 508, 2003

L'Éthique (t. 6)
Seuil, 2004
et « Points Essais » n° 555, 2006

La Méthode
Seuil, « Opus », 2 vol., 2008

COMPLEXUS

Science avec Conscience
Fayard, 1982
Seuil, « Points Sciences », n° S64, 1990

Sociologie
Fayard, 1984
Seuil, « Points Essais », n° 276, 1994

Arguments pour une Méthode
Colloque de Cerisy (Autour d'Edgar Morin)
Seuil, 1990

Introduction à la pensée complexe
ESF, 1990
Seuil, « Points Essais » n° 534, 2005

La Complexité humaine
Flammarion, « Champs-l'Essentiel », n° 189, 1994

L'Intelligence de la complexité
(en coll. avec Jean-Louis Le Moigne)
L'Harmattan, 2000

Intelligence de la complexité
Épistémologie et pratique
(co-direction avec Jean-Louis Le Moigne)
(Actes du colloque de Cerisy, juin 2005)
Éditions de l'Aube, 2006

Destin de l'animal
Éd. de l'Herne, 2007

Penser l'Europe
Gallimard, 1987
et « Folio », 1990

Un nouveau commencement
(en coll. avec Gianluca Bocchi et Mauro Ceruti)
Seuil, 1991

Terre-Patrie
(en coll. avec Anne Brigitte Kern)
Seuil, 1993
et « Points », n° P207, 1996

Les Fratricides
(Yougoslavie-Bosnie 1991-1995)
Arléa, 1996

L'Affaire Bellounis
(Préface au témoignage de Chems Ed Din)
Éditions de l'Aube, 1998

Le Monde moderne
et la Question juive
Seuil, 2006

L'An I de l'ère écologique
Tallandier, 2007

Où va le monde ?
Éd. de L'Herne, 2007

Vers l'abîme ?
Éd. de L'Herne, 2007

Vidal et les siens

(en coll. avec Véronique Grappe-Nahoum
et Haïm Vidal Sephiha)
Seuil, 1989
et « Points », n° P300, 1996

Une année Sisyphe
(Journal de la fin du siècle)
Seuil, 1995

Pleurer, Aimer, Rire, Comprendre
1ᵉʳ janvier 1995 – 31 janvier 1996
Arléa, 1996

Mes démons
Stock, 2008

TRANSCRIPTIONS DE L'ORAL

Planète, l'aventure inconnue
(en coll. avec Christophe Wulf)
Mille et une nuits, 1997

À propos des sept savoirs
Pleins Feux, 2000

Reliances
Éditions de l'Aube, 2000

Itinérance
Arléa, 2000
et Arléa poche, 2006

Nul ne connaît le jour qui naîtra
(avec Edmond Blattchen)
Alice, 2000

Culture et barbarie européennes
Bayard, 2005

Mon chemin
Entretiens avec Djénane Kareh Tager
Fayard, 2008

IMPRIMERIE : CPI BRODARD ET TAUPIN À LA FLÈCHE (07-09)
DÉPÔT LÉGAL JANVIER 1999. N° 36195-4 (53511)
IMPRIMÉ EN FRANCE